Henny Schalk te Hennepe

Wolkensprünge

Henny
Schalk te Hennepe

Gib mir die Morgenröte
als Krone
und laß mich springen
von Wolke zu Wolke

Henny Schalk te Hennepe

Wolkensprünge

VERLAG JOHANNES HEYN

Druck: Druckerei Theiss GmbH, A-9400 Wolfsberg
ISBN 3 85366 932 8

I. UNENTSCHIEDEN

Unentschieden

Die Entscheidung
hat entschieden
sich nicht
zu entscheiden
sie will zusammenbleiben
in der Entscheidung
und wie ein Damoklesschwert
durch den Raum schweben
um die Unentschiedenen
in Unsicherheit zu wiegen
mit tödlicher
Entschiedenheit

Das Urteil

Das Urteil
ist noch nicht gefällt

das letzte Wort
noch nicht gesprochen

die Gnadenfrist
noch nicht verstrichen

die Zeitbombe tickt
unaufhaltsam

das Warten
höhlt die Seele aus

Im Reich der Illusionen

Zu groß
ist die Angst
vor der trostlosen
Wirklichkeit

Die Scheinwelt wartet
mit offenen Armen
und lockenden Worten
im Reich der Illusionen

Keine Zeit

Keine Zeit
sich zu wundern
wahrzunehmen
zu begreifen

Keine Zeit
für Zärtlichkeit
keine Zeit
für Zuwendung
keine Zeit
zu leiden
keine Zeit
zum Mitleiden
keine Zeit
zu leben
keine Zeit
zu sterben

Erledigen
sich entledigen
abhaken
hinter sich bringen
lösen
erlösen
endlösen
vollstrecken

Keine Zeit
zu weinen

War dein Stein auch so schwer

Sisyphos
wer warst du
war dein Stein
auch so schwer
war deine Plage umsonst
waren deine Kräfte am Ende
und kein Ende in Sicht
wurde dein Leid
von niemandem geteilt
wolltest du lieber sterben
von deinem eigenen Stein
erschlagen werden
doch gab es keine Gnade
im Reich der Unbarmherzigkeit

Sisyphos
wer bist du
reich mir die Hand

Vorher und nachher

Das Urteil
ist gefällt
fällt
wie ein Stein
in das Bewußtsein

Nichts
ist mehr so
wie es vorher war

vorher
und nachher

ein reißender Fluß
dazwischen

das Leben
zerrissen
auseinander gerissen

Das andere Ufer
erreichen
Neuland
Traumland
Wunderland

Rettungslos verloren

Die Rettung
liegt nicht
vor der Tür

sie ist geflüchtet
zu den Verlorenen
die sie hätte
retten sollen

Wohin nur

Die alten Monster steigen
aus ihren Löchern

Gift und Galle
spuckend
geifernd

grau und schuppig
die Lederhaut
gekrümmte Klauen
warten geschärft

Augen von alten Eidechsen
kalt und leer
lassen das Leben
langsam erstarren

Die Fluchtwege
werden versperrt

Wohin nur
wohin

Windmühlen

Gegen Windmühlen
kämpfen
wie einst
Don Quichote
die Mühlen
mahlen
und mahlen
zermahlen
den Widerstand
bis er gänzlich
verschwindet
mit dem Wind
und wehklagend
sich zum Sturm erhebt
und heulend hinwegfegt
über unendliche Ebenen
leer von Menschen

Wer wagt es

Wer wagt es
den ersten Stein
zu werfen

Die Liebe
war sehr groß
blind
das Vertrauen
wie eine keimende Pflanze
die Hoffnung
die Angst versteckt
im hintersten Winkel
der Seele

Nun liegt sie da
die Liebe
im Staub der Erde
mit Füßen getreten
bitterlich weinend
fassungslos schluchzend

Wer wagt es
den ersten Stein
zu werfen

Laß sinken
die Hand
laß fallen
den Stein
breite den Mantel
der Vergebung aus

Dürrejahre

Die Seele vertrocknet
im Staub
der großen Dürre
in den langen Jahren
der Unbarmherzigkeit

nicht lange
kann man
ohne Wasser
überleben

hilflos
in der Hitze
und Kälte
einer endlosen
Wüste

die ausgestreckte Hand
verdorrt
langsam
im Sand

Armut macht nicht glücklich

Dieses Gefühl
der bitteren Armut
weicht nicht
ein Leben lang

es haftet
an der Seele
wie eine unsichtbare
Schale
klebrig
und grau

Bombastische Zeiten

Fanfaren
bunte Farben
grelle Uniformen
schmissige Gesichter
Milchgesichter
abgebrühte Gesichter
augenzwinkernde Gesichter

Rituale
der richtigen Männer
begrüßen
danken
ehren
singen
grölen
verabschieden

Ansprachen
Vaterland
Heimat
Tradition
Treue
Ehre
Pflicht

Trinken
noch mehr trinken
zu viel trinken
saufen
rülpsen
Prost
trinken wir noch ein Glas
ein letztes
das Allerletzte

Und die Frauen?

Nebensache
Aufputz
Zeitvertreib
gefangen am Boden des Trinkglases
mit lieblichem Gesicht
und Furcht im Herzen

Und die Zaungäste?

Immer diese Spielverderber
Nestbeschmutzer
kritische Beobachter
kleine Statisten im großen Theater
doch sie haben ihre Rollen gut gelernt
Ein schöner Abend
wirklich
Danke für die Einladung
So lernt man Land und Leute kennen

Warum denn so traurig?

Wenn die Masken fallen
wieviel Angst
Leere
Überdruß
Haß
Neid
Feigheit
Eitelkeit
in den nackten Gesichtern

Und das Vaterland?

Viel gepriesen
noch mehr gepriesen
zu Tode gepriesen
armes Vaterland
das hast du nicht verdient

Gedenktag

Gedenktag
unseliger Tag

Tag
vom Leiden
und vom Sterben

aus der Erinnerung
verbannt

beinahe ausgelöscht
aus dem Gedächtnis

sorgfältig
in die letzte Schublade
gesperrt

achtlos
in den tiefsten Keller
versenkt

vergeblich

grausam schmerzt
die alte Wunde
aufgerissen
immer wieder
an jedem Gedenktag

Oh wie froh

Die Freude
fliegt froh
aus dem Fenster
findet
die Schadenfreude
und lacht sich
ins Fäustchen

Der Widerstand

Der Widerstand
erhebt sich
aus der Schlangengrube

befreit sich
von seinen Fesseln

sprengt
die Schwerkraft

überwindet
den Ekel

und frißt die Schlange
mit Haut und Schuppen
mit Gift
und Galle

Auf Teufel komm raus

Teufel
komm raus
sagte der Tod
bittersüß lächelnd
während er die Sense schliff
letztendlich
habe ich das letzte Wort

aber ich kann warten
sagte der Teufel
während er
das Feuer schürte
mit satanischer
Gelassenheit

Ein Fenster in der Mauer

Vielleicht
bekommt die Mauer
ein Fenster

vielleicht
nimmt die Verzweiflung
ein Ende

vielleicht
werden die Mutigen
belohnt

Verzögerung der Zeit

Halte die Zeit fest
laß sie verweilen
in deinen Händen

und warte
bis sie
verstreichen
will

Besiegt

In einem unbewachten
Augenblick
erwachte
die Stärke
und besiegte
die Schwäche
lächelnd bittend
um Entschuldigung
doch mit dem Vorsatz
zu bleiben

II. SCHATTENPFLANZEN

Vom Mangel an Erfahrung

Mangel
an Erfahrung
hatte sie nicht

Mangel
an Liebe
wohl

In die Mangel
wurde sie genommen
mit ihrer Unschuld

durch die Mangel
gedreht
mit ihren Gefühlen

Der Mangel
bemächtigte sich
ihrer Seele
bis sie verkümmerte

der Mangel
bemächtigte sich
ihrer Sprache
bis sie
kein einziges Wort
mehr sprach

Der Mangel
wurde
ein kleiner
fressender Krebs
er fraß sich durch ihren Körper
bis er voll gefressen war
bis er überquoll
und explodierte

unzählige kleine Krebse
krochen weiter und fraßen sich satt
nichts
konnte sie aufhalten
kein Bitten Weinen und Schluchzen
sie erweichen
sie mußten weitermachen
bis zum letzten
Atemzug

Die Tiefe ist nicht tief genug

Dunkle Geheimnisse
eingepackt
zusammengeschnürt
mit Stacheldraht
umwickelt
in die Tiefe
versenkt

Sie finden
keine Ruhe
die Tiefe
ist nicht tief genug

Sie wandern
hin und her
steigen
an das Licht
die Bomben
explodieren

Anklage

So rein und jung
so zerbrechlich
und schön

aufreißen
eindringen
zerstören

vorbei
die Unschuld
vorbei
die Sehnsucht
vorbei
der Traum

unstillbar
die Wunde
unstillbar
der Durst
unstillbar
das Verlangen
im Irrgarten der Liebe

Versteinert

Versteinert
zum Felsen

erstarrt
zur Salzsäule

stehen gelassen
in Hitze und Kälte

Können Steine
weinen?

Kann eine Salzsäule
schmelzen?

Die ausgestreckte Hand
kann sie nicht nehmen
zu groß ist die Angst
zu klein die Hoffnung
auf einen Bissen Brot
vom reich gedeckten Tisch
des Überflusses

Der Haß
lange verschüttet
explodiert
in tausend Stücke

das Chaos
macht sich selbständig
breitet sich aus
wälzt alles nieder
durchbricht die Mauern
quillt über alle Grenzen

die Augen sehen
feuerrot
in den Ohren
dröhnen Glocken
das Herz rast
im Galopp davon

Die Last
wird nicht leichter
der Körper versteinert
zum Felsen
erstarrt
zur Salzsäule

Der Spiegel war beschlagen

Das Lächeln
ihres unschuldigen Kindes
hat sie nicht gesehen

der Spiegel war beschlagen
verhangen der Blick
das Herz verschlossen
die Quelle vertrocknet

Mitten im Chaos
der endlosen Tage
und Nächte
graue Nebel
kriechen
durch die Tür
alte Gespenster
lauern
in ihren Löchern

Flucht
in Welten
wo der Rausch
niemals endet
Betäubung
aller schmerzenden Sinne

Rückkehr
in die Höhle
warm und dunkel
treibend in den Fluten
des Vergessens

Mit flatternden Flügeln

Anschauen
konnte ich
es nicht
das verlorene Kind
in weißer Unschuld
liegend
schlafend
wartend
auf die Mutter
weinend
ohne Hoffnung
gefangen
wie ein Vogel
im Käfig
mit flatternden
Flügeln

Die Schlangenfrau

Schillernde
schöne
Schlange
Symbol
der Macht
geheimnisvoll
gefährlich
verführerisch

die paradiesische Unschuld
hat sie einst zerstört
Eva hörte
auf ihre listigen Worte
und pflückte
die verbotene Frucht
die Reue kam zu spät
noch immer währt
die bittere Strafe
der Vertreibung

Nun häutet sie sich
die Schlange
schlängelt sich langsam
in ihr neues Kleid
aus glänzenden Schuppen
und wartet
auf den Schlangenmann

Die nackte Angst

Die nackte Angst
in den Augen
das Gesicht erstarrt
zur Maske
der Körper
von seinen Hüllen
beraubt
der Würgegriff
am Hals
der Schrei erstickt
in der Kehle
schreiende
Stille

Ende der Einsamkeit

Geboren
verstoßen
verlassen
verloren

Die Kindheit
eine weite Wüste
in der Fremde
ist das Gnadenbrot hart
die Tränen rinnen
nach innen

Die Fremdheit
weicht nicht
über lange Jahre
grau und trostlos

Die Seele treibt
wie ein Blatt im Wind
langsam zum Abgrund

Vor dem Absturz
keimt unaufhaltsam
eine letzte Hoffnung
das werdende Leben
als Ende der Einsamkeit

Das Spiel ist zu Ende

Kinderhand
Bettelhand

Wunderland
armes Land

Eine Kinderseele
verkümmert
im Staub der Straßen

Das Spiel
ist zu Ende
bevor es begann

Verlierer
oder Gewinner

Es gibt nur Verlierer
im Kinderland

Steig runter

Rucksack am Rücken
schon so lang
so endlos lang
die Riemen drücken
die Schultern schmerzen
schwer schlägt das Herz
die Kraft läßt nach
der Mut verläßt mich

Steig runter
von meinem Rücken
die Last wird mir zu schwer
zu lange mußte ich mich bücken
dich tragen dich stützen
ich habe keine Lust mehr

Nur noch die kleinen Kinder
die trag ich gern
in meinen Armen
sie werden mir nie
zu schwer

Ein spielendes Kind

Manchmal
wenn ich keinen
anderen Trost
mehr habe
für diese Mühe
diese Plage
fallen mir
die Kinder ein
sie nehmen
meine Hand
und führen mich
in ihre Welt
und ich werde
ein spielendes Kind
und singe
die alten Lieder
und tanze
einen Reigen

Außer sich

Außer sich geraten
weil man
nicht bekommt
was man braucht
um das Leben
ertragen zu können
am Rande der Verzweiflung
vor der Mauer
der Gleichgültigkeit

Nicht weiter

Er stand nur da
mit leeren Augen
jung und kahl geschoren
und sagte
ich habe keine Träume mehr
ich weiß nicht wie es weitergeht
es kann nicht mehr weitergehen
weitergehen nicht
nicht weiter

Alt und verloren

Sie wollte nicht mehr
auf dieser Erde sein
sie hatte die Kleider
abgelegt
und stand
mit dem Koffer
in der Hand
wartend
auf den Jüngsten Tag

Die verlorenen Kinder

Sie durften nicht
in den Himmel kommen
die verlorenen Kinder
ungetauft

sie konnten nur
umherirren ziellos
in tiefer Finsternis
in einer Welt ohne Gnade
und rufen
nimm mich mit

bis der wilde Reiter kam
mitten durch die schwarze Nacht
umweht vom roten Umhang des Zornes
tollkühn auf seinem weißen
geflügelten Schimmel
und sie mitnahm

ihre Seelen bekamen Flügel
und sie flogen mit ihm
geschwind wie der Wind

der wilde Reiter
ritt bis zur Himmelspforte
Gerechtigkeit zeigte
ihr Antlitz voller Gnade

die verlorenen Kinder
reingewaschen
durften
in den Himmel kommen

Schattenpflanzen

Sie gehört
zu den Schattenpflanzen
die das grelle Licht
des Tages scheuen
und nur zögernd erblühen
schwankend
im Dämmerlicht

Berühren
darf man sie nicht
nur von fern
in Liebe hüllen

III. WOLKENSPRÜNGE

Wolkensprünge

Gib mir die Morgenröte
als Krone
und laß mich springen
von Wolke zu Wolke
durch das unendliche Blau
des Himmels

Es gibt keinen Anfang
und kein Ende

die Seele
schwebt träumend
gebettet im Morgenduft

Das goldene Licht

Das goldene Licht
kommt und geht
in den Dämmerstunden
verzaubert Augenblicke
leuchtet hinter dunklen Wolken
rollt einen schimmernden Teppich aus

Die alten Meister
versuchten es
einzufangen
auf ihren dunklen Gemälden

Ich versuche es
festzuhalten
in Worten
vergeblich

es ist
wie ein tanzender Schmetterling
wie ein spielendes Kind
wie ein leuchtendes Zeichen
aus einer anderen Welt

Die Berge

Wie stille Wächter
stehen sie da
und bewachen
das Tor zum Himmel
unerschütterlich

auf ihren Wiesen
grasen Kühe
in ihren Wäldern
wohnen wilde Tiere
auf ihren Felsen
nisten Adler

in Wolken gehüllt
sind ihre Gipfel
Nebelschleier
ziehen hoch

die Sonne
bricht durch
der Thron Gottes wartet
in vollendeter Pracht
auf seinen Schöpfer

Weiße Flügel

Weiße Flügel
rauschen
im glänzenden Mondlicht
über den dunklen See
Bild und Spiegelbild
berühren sich
die Seele fliegt
weit weg
über das spiegelglatte
Wasser
geschwind
wie der Wind

Ein Herz aus Stein

Sie fand
ein Herz aus Stein
rein und weiß
liegend im Sand
an einer fremden Küste
umspült vom Wasser
des Meeres

für atemlose Augenblicke
blieb ihr Herz stehen
berührt
durch ein Spiegelbild
der ewigen Liebe

wie schwer
das Gewicht
in den Händen

wie schnell
die Schritte
laufend
durch den
warmen Sand

wie leicht
das Herz
in Zeiten
des Glücks

Die Brücke

Gotische Fenster
spiegeln sich hell
im dunklen Wasser

unsere Schritte
verhallen langsam
in den schmalen Gassen

der Weg führt uns
zur Brücke
aus Stein

rund
ist ihre Wölbung
im Mondlicht

das Glockenspiel
spielt silbern
eine alte Melodie

die Klänge
sinken tief
in unsere lauschende Seele

Verwunschen

Verwunschen
das alte Haus
tief im Wald
am Rande
der Teufelsschlucht

die Steine im Bachbett
vom Wasser
umspielt

leuchtendes Moos
helles Grün der Sträucher
dunkles Grün der Bäume
Farne im Herbstmantel
ein stiller See
in seinem Kranz
aus Schilf

der Duft
vom herbstlichen Wald
begleitet unsere Schritte
betört unsere Sinne

der Zauber
hält uns fest
in seinem Bann
in den seligen
Stunden

Noch schlafen
die finsteren Gesellen
in der Tiefe
der Teufelsschlucht

bald werden sie
erwachen
beim Einbruch
der Nacht
und lachen und singen
in teuflischer
Eintracht

Vom wilden Wasser

Und
an den grauen Tagen
schließe ich die Augen
und sehe
das unglaubliche Grün und Blau
vom wilden Wasser
tief in der Schlucht
und ich schließe die Ohren
und höre das Donnern und Rauschen
der stürzenden Fluten
und das Toben und Lachen
der Wassergeister
springend
von Fels zu Fels
im schäumenden Wasser
und meine Traurigkeit
verfliegt
und meine Müdigkeit
läuft davon
und die alte Kraft
kehrt zurück
mit klopfendem
Herzen

Die Wiederkehr des Lichts

Grau ist die Welt
lang ist die Nacht
kurz ist der Tag
mitten im kalten Winter

Doch das goldene Licht
durchbricht den Bann
für Augenblicke
steigt auf aus dem Nebelmeer
um die Welt
zu verzaubern

Morgen
wird das Licht
wiederkehren
ein ganz klein wenig
länger

IV. DIE KUH

Die Kuh

Die Kuh
ist ein seltsames Tier
mit staunenden Augen
unter flauschigen Ohren
und spitzen Hörnern

Groß und warm
schreitet sie dampfend
über grüne Wiesen
unverdrossen grasend
nach Herzenslust

Zwischen Falten aus Fell
zuerst verborgen
dann immer größer
und praller
entfaltet sich
ein seltsames Gebilde
in milchweiß und rosarot
Zielpunkt
geheimer Sehnsucht

Wie weiß ist die Milch
duftend und warm
der Mund denkt an
saugen und schlürfen
lange
ganz lange
in seliger Unschuld
und seufzend vor Glück
bis satte Zufriedenheit
auf der Zunge zergeht
die Augenlider schwer werden
noch einmal sich öffnen
und ganz langsam
sich schließen

Schlafe nur
Kälbchen
schlaf ein

Katzensprung

Ein schwarzer Schatten
im Sprung
schwebend
zwischen Leben
und Tod

zielsicher
wählt sie
das neunte Leben

Schmetterling

Tanz nur vor dem Fenster
Schmetterling
mit bunten Flügeln

laß die verlorene Hoffnung
wieder keimen

schüre das Feuer
fast erloschen

gib uns die Freude wieder
und das Leben

Im silbernen Spiegelbild

Du schläfst
in einer weißen Wolke
schöner Schwan

dein schlanker Kopf
eingebettet
in flaumigen Federn

treibend
am dunklen Wasser
im Licht von Mond und Sternen

versunken
in Träumen
von einer Welt
zwischen Himmel und Erde

deine Seele
ruht still
in ihrem silbernen
Spiegelbild

Ungewißheit

Die Schlange
schillernd schlank
sammelt
ihr grünes Gift
geifernd
in der grauen Gruft
wartend
mit tödlicher
Ungewißheit

Glitzernd

Still
sitzt
die Spinne
in ihrem
glitzernden
Netz
wartend
bis es leise
zittert

Vergeblich

Wie ein Vogel
flatternd
vergeblich
in die Fensterscheibe
immer wieder
nicht wissend
warum

Tod am Nachmittag

Zwischen den Klauen
des Raubvogels
gefangen

war es die Taube
die liebliche
flügelschlagend
in Todesnot?

Ich konnte ihn vertreiben
den Mörder
doch die Beute nahm er mit
siegessicher

Welche Botschaft des Unheils
wollte er verkünden
welche flackernde
Flamme der Furcht
entfachen?

Drei weiße Federn
liegen noch in meinem Garten
ungeduldig wartend
auf mein Gedicht
bevor die Herbststürme
kommen
und sie hinauf
wirbeln
und hinweg
fegen
aus dem Gedächtnis

Der Ameisenbär

Er warf
sein wachsames Auge
auf die vorüberschreitende Karawane
der Ameisen
die ahnungslos
und blindlings
ihre Festung bauten
immer breiter
und höher

während er
zuversichtlich
die endlos lange Zunge
ausrollte

Weiß sind die Wölfe

Weiß sind die Wölfe
im dunklen
Wald

wartend
auf den Wanderer
der sich wagt
in ihre Welt

um sie als leuchtende
Schimmer
für immer
in sich zu tragen

damit sie
durchstreifen
die äußerste Wildnis
der Seele

Auf pelzigen Tatzen

In der stillen Winterwelt
tanzen die weißen Bären
groß und schwer
ihren Reigen
auf pelzigen Tatzen
im tiefen Schnee

Nur die Schneeflocken
glitzernd und klein
tanzen mit
bis sie schmelzen
vor Glück

V. BIRKE IM BRAUTKLEID

Birke im Brautkleid

Im Frühling
trägt die Birke
ihr Brautkleid

es ist grün

leichte Schleier
tanzen
um den weißen Stamm

während sie wartet
auf den Sommer

Fliederduft

Fliederduft
im feuchten Garten
nach einem warmen
Frühlingsregen

Sehnsucht
nimm mich
in deine Arme
und betöre
meine Sinne
bis mir schwindelt
vor Glück

Schwarze Tulpe

Schwarze Tulpe
so schön
und traurig
schwankend
im wilden Taumel
des Windes

Deine Blütenblätter
in Trauer gehüllt
der Blick verliert sich
in den Abgrund
deines Herzens

Welche Botschaft
bringst du
aus dem unterirdischen
Reich des Frühlings
um die Seele
so tief zu rühren?

Mohnblume

Mohnblume
rote Blume
flatternd im Wind

einst war dein Platz
am Rande des Weges
hingestreut mit leichter Hand
und auf endlosen Feldern
wogend in üppiger Pracht

Maler und Dichter
hast du verzaubert
mit deiner Leuchtkraft
alle Farben verblassen
in deinem Glanz
dein blühendes Leben
besiegt den Tod

Jetzt prangst du
gezähmt im Ziergarten
mit fremden Farben
und träumst manchmal
von früheren Zeiten
als deine Welt noch
weit und wild war

Rose

Rose
über alles geliebte
Königin
bei Tag und bei Nacht

laß mich liegen
eine kleine Weile
als Tautropfen
auf einem Blütenblatt

dann öffne dein Herz
und betöre mich
mit deinem himmlischen Duft

für die Liebe
bist du geboren
aus Liebe
wirst du sterben

sicher wartet ein Garten
im Himmel auf dich
dann darfst du
dein Dornenkleid ablegen
und blühen für immer
in seliger Pracht

Olivenbaum

Dieser wilde
Wunschtraum
zu stehen
im Wind
umspielt
umtost
geschüttelt
gestreichelt
endlich
erfüllt

die Blätter
tanzen
trunken
nach der fremden
Melodie
des himmlischen
Kindes

Heimkommen

Heimkommen
ausgehöhlt
und leer

den steilen Weg
hinaufgehen
zu meiner Burg

eintauchen
in den Garten
die Bäume und Blumen
begrüßen
Rosenduft schnuppern
die Henne Berta
laufen lassen
die kluge Eule bewundern
in ihrer Weisheit
Walderdbeeren pflücken

das Lächeln
der Meerjungfrau sehen
Meeresrauschen hören
und das Gleichgewicht
wieder finden

Ein Meer von Blumen

In einem fremden Land
Spuren der Vergangenheit
hohe Giebelhäuser
eine schiefe Windmühle
gelbe Holzschuhe
rote Halstücher
ernste Blasmusik
heitere Menschen
ein Meer von Blumen

Warum
muß ich lachen
und weinen

Im wehenden Winterkleid

Weiße Birke
im wehenden Winterkleid
glitzernd vor Reif
weit weg
ist deine Seele
in glasklaren Träumen
ganz langsam
wächst dein weißer Stamm
in der Finsternis
der weißen Winternacht

VI. DEIN LÄCHELNDES GESICHT

Mein Hase im Glück

Jetzt bist du schon ein alter Hase
mein schlauer Hase
mit allen Wassern
gewaschener Hase

mein Hase mit wachsamen Ohren
und schnellen Samtpfoten
mein Hase mit seidigem Pelz
rätselhaften Augen
und windschiefem Lachen

mein Oster-
und Weihnachtshase
mein Schnee-
und Wasserhase

Mein Hase im Glück
als Märchenprinz
des Wolkenhauses

mein Hase im Grünen
im Efeu und Engelsfarn
im Rittersporn und Eisenhut

mein Hase
in stillen Mondnächten
über den blauen Bergen

mein Hase
im strahlenden Sonnenschein
für immer bin ich dein

Im Reich der Pelikane

Weil du mich liebst
sind die Tage bunt
statt grau
sind die Nächte warm
statt kalt
verwandeln sich Schwäne
in Pelikane
gleitet der rote Mustang
über Highway Number 10
zur Brücke
der Unendlichkeit

Heiße Liebe

So weiß und kühl
wie die reine Liebe
so rot und heiß
wie das Feuer der Leidenschaft
brennend im Herzen
mit lodernden Flammen

Süß und warm
schmeckt die Liebe
die roten runden Früchte
gleiten duftend
in die wartende Sehnsucht

Ich liebe
Heiße Liebe
auf meinem kühlen Mund

Verlorene Geheimnisse

Erinnerungen holen uns ein
unerwartet
wir sehen
hören und riechen
halten den Atem an
staunen zusammen
lachen und weinen

für kostbare Augenblicke
steigen verlorene Geheimnisse
aus der Tiefe auf
umspielen uns
und entschwinden

Manchmal versuchen wir
sie festzuhalten

unser Traumhaus
schwebend in den Wolken

die Liebenden
für immer umschlungen
in Bronze gegossen

das Mädchen
mit blauem Kleid
im Kornfeld

die letzte Gondelfahrt
über das tiefe Wasser
im Nebel der Zeit

Stille Zeugen
aus einem gemeinsamen Traum

Versteckt

Der Schmerz
sitzt tief
in der Seele
du versteckst ihn
gut und fest
manchmal darf er hinaus
wenn ich da bin
ihn in meine Arme nehme
und wiege
und in Worte fasse
die fassungslos
machen

Gut sein

Wir sollten gut sein
zueinander
solange es
noch geht

morgen könnte es
zu spät sein
wenn der Wind
sich dreht

Mein Retter

Du willst mich
immer retten
solange es
noch geht

bis du mich
nicht mehr
retten kannst
weil es
nicht mehr geht

Das silberne Netz

Das silberne Netz
hat er ausgeworfen

um die Meerjungfrau
einzufangen
mit dem schillernden
Schuppenpanzer
worin sie
ihre Geheimnisse
versteckt hält

Doch
sie läßt sich
nicht fangen

schenkt ihm nur
ihr unergründliches
Lächeln
aus der Tiefe
des Meeres

Die Wirklichkeit

Die Wirklichkeit
ist schöner
als jedes Bild
als jedes Gedicht

Die Blätter bewegen sich
im Windhauch
die Blumen verströmen
ihren betörenden Duft
die Sonne wirft
Licht und Schatten
die Vögel singen sich
die Seele aus dem Leib
der Frühling breitet
seinen grünen Mantel aus

Deine Augen spiegeln
das Blau des Himmels
wie süß und fein
ist die Liebe
in Zeiten des Glücks

Dein lächelndes Gesicht

Aus einer anderen Welt
gekommen

in dich selbst
versunken

von Träumen
zugedeckt

in Liebe
gehüllt

zeigst du mir
als Geschenk

dein lächelndes Gesicht

Die Hoffnung

Das Geschenk
der Hoffnung
in deinem kleinen
Gesicht
unschuldig
schlafend
selig
träumend
hast du meine
wunde Seele
geheilt

Ganz still

Ich bin ganz still
geworden
ich habe keine
Klagen mehr
die Kinder
die winzig kleinen
haben mir
meine Wut
genommen
und ich bin
ganz still
geworden

Schlaf nur

Das Sandmännchen
wartet
in seinem Versteck
zählt die Sandkörnchen
Stück für Stück
poliert sie glänzend
mit seinem Sternentuch
weil es weiß
sie bringen
den Menschenkindern
Glück

VII. DIE GNADE DER LANGSAMKEIT

Die Gnade der Langsamkeit

Die Gnade
der Langsamkeit
wurde mir
zuteil

langsam
tropft Balsam
in die Wunde

langsam schweben
elf weiße Federn
in den Sand

langsam
zerrinnt
die Zeit

langsam
fließt
der Gedankenfluß

langsam
könntest du
etwas schneller werden

Am Scheideweg

Am Scheideweg
angelangt
stehend
wartend

rufend
wie ein verlorenes Tier
nicht wissend
wohin

So gib mir
das Zeichen der Gnade
und führe mich
an Deiner Hand
Schritt für Schritt

Mein Gesicht aus Stein

Der Abschied
steht
vor der Tür

er gibt mir
seine Hand
aus Blei

Die Wunde
blutet
nach innen

nach außen
kehre ich
mein Gesicht
aus Stein

mit Augen
spiegelblank
und leer

Aufgeräumt

Aufräumen
einräumen
wegräumen

Ordnung machen
im Chaos
der verletzten Gefühle
sie fein säuberlich schlichten
anordnen ruhig zu sein
und die Tür zumachen

Doch sie bleiben nicht
auf ihrem Platz
sie bekommen Beine
und Füße
treten die Tür ein
rasen herum
klettern die Wände hoch
trampeln in der offenen Wunde
rotten sich wieder zusammen
und verdichten sich
zum sovielten Alptraum
um wiederzukehren
unaufhaltsam
in schlaflosen Nächten
in denen auch Tränen
sie nicht erweichen können

Auf Messers Schneide

Am anderen Ufer
ankommen
dem reißenden Fluß
entkommen
es gibt kein
Entrinnen
die Geschichte
nimmt wieder
ihren Lauf

Es gibt immer
noch eine Geschichte
sie schneidet sich
in die dünne Haut
meiner Seele
die so ist
wie eine rohe Zwiebel
und deshalb
darf ich weinen
weil ich weiß
daß tief versteckt
die letzte Geschichte
wartet
auf Messers Schneide

Die Zeit läuft

Zeit
lauf nicht
so schnell
davon

aus deinem Bannkreis
gibt es kein
Entkommen

Laß mir noch
ein wenig
Zeit

Ohne Hoffnung

Die Hoffnung
wird mich verlassen
ich werde
ohne Hoffnung sein

noch einmal
mich umdrehen
weinend zurückschauen
und langsam
erstarren

stehen gelassen
alleine
in der Hitze des Tages
und der Kälte
der Nacht

Zeiten des Unheils

Sie konnte sich nicht retten
und mußte zurückblickend
zur Salzsäule erstarren
weil Sodom und Gomorrha
ihr das Herz brachen
von Schwefel und Feuer
zerstört
in Schutt und Asche
versunken

Es gab keine Gnade
wegen der ausgleichenden Ungerechtigkeit
weil es keine zehn Gerechten gab
in der zum Untergang
verdammten Stadt
damals
in den Zeiten des Unheils

Grauschleier

Die Schatten
weichen nicht
legen ihre
grauen Schleier
über jede Freude
die blühen möchte
wie eine glühend
rote Blume
mit lodernder Flamme
und Furcht im Herzen

Schreiben warum

Weil ich
das Unheil
nicht abwenden konnte
damals nicht

weil ich es
nicht abwenden kann
heute nicht

weil ich es nicht
werde abwenden können
in Zukunft nicht
niemals

Die Zeit des Sprechens

Geschwiegen
habe ich schon
so lange

die Zeit
des Sprechens
ist gekommen

gib mir die Kraft
das Schweigen zu brechen
den Mut
der Wahrheit
ins Gesicht
zu sehen

Die nackte Wahrheit

Wahrheit
wer bist du

zerreiß
den Schleier

zeig mir
dein nacktes Gesicht

mir graut vor dir

Hinter dem Schleier

Hinter dem Schleier
sich verstecken
in Sicherheit sein
vor den Augen
der Welt

geheime Sehnsucht
lange gehegt
nie erfüllt

so gib mir
meinen Schleier
damit ich endlich
gänzlich
verschwinden kann

Im bleichen Mondlicht

Jetzt bist du wieder
am Mond
so weit
unendlich weit

kühl ist das Herz
in Zeiten
der Trennung

träge fließen
die Gedanken

Wehmut legt
ihren müden Kopf
auf meine Schulter

vielleicht
soll ich sie trösten
engumschlungen
im bleichen Mondlicht

und warten
auf die Sonne

Wieviele heiße Tränen

Wieviele heiße Tränen
habe ich vergossen
schreibend
mit zitternder Hand
der Würgegriff am Hals
der Panzer aufgebrochen
das Herz verwundet
der Stolz gebrochen
die Härte erweicht
die Seele bloßgelegt

Es gibt kein Versteck
wie lange
ich auch suche

Wo ist die Höhle
warm und dunkel
in den treibenden Fluten

Laß mich schaukeln eine Weile
eine kleine Weile

Laß mich stehen
noch einmal
im blauen Kleidchen
im Kornfeld der Kindheit
mit staunenden Augen
über Blumen so blau

Laß mich sitzen
hoch oben
am wiegenden Heuwagen
im wilden Duft
der Sommertage ohne Ende

Der Friede
legt langsam
seine Flügel
zusammen
setzt sich still
auf meine Schulter

die unsterbliche Musik
fließt durch den Raum
streicht die Seele glatt

An der Quelle

Die magischen Stunden
verstreichen
verharrend im Zauberbann
horche ich tief
in mich hinein
darf trinken
an der Quelle
glasklar und rein
wo das Wasser
rinnt und rinnt
solange die Zeit
der Gnade währt

Losgelöst

Tief ruht der Körper
die Seele schwebt
im Raum
losgelöst
sucht ihr Spiegelbild

Ist es die weiße Fee
mit den Flügeln
zart und fein
und einem Zauberstab
um die Worte
zu verwandeln

Ist es der große Vogel
mit der Sehnsucht im Herzen
nach der unendlichen Freiheit

fliegend
mit schwerem Flügelschlag
durch die milde Meeresluft
gelassen
siegessicher

Beide halten das Füllhorn
der ewigen Liebe
unerschöpflich

Im elfenbeinernen Turm

Ist es
der elfenbeinerne Turm
wartend
in weiter Ferne
bis ich ihn endlich
gefunden habe
und Friede
einkehrt
in mein
unruhiges Herz
während ich
die Stufen
hinaufsteige
endlos lange
bis zum Turmzimmer
mit dem Schreibtisch
vor dem Fenster
und Blättern aus Papier
kühl und weiß
wartend
auf die Berührung
meiner bebenden
Hand

Die Macht der Worte

Ich kann nicht mehr lassen
von dieser Sucht
die Macht der Worte
ist zu groß
führt mich in Höhen
und in Tiefen
hält mir den Spiegel
vors Gesicht

Die Angst ist groß
ich möchte fliehen
doch bin gefangen
warum muß meine Hand
das schreiben
was sie nicht schreiben will
geführt von fremden Mächten
bin ich eine Marionette

Hätte ich das
nicht schreiben müssen
wäre mir dann leichter

Leichter und schwerer
das Gewicht der Worte
schwankend hin und her
bis ich das Gleichgewicht
wieder finde
im goldenen Licht

Sei still

Ich habe keine Zeit mehr
zu warten
die Geduld ist
verbraucht
die Gnade der Langsamkeit
fern

Sei still
unruhig Herz
sei still
singe ein Lied
wie die Amsel
und frag nicht warum
besuche deine Schwester
am Mond
und bürste ihr Silberhaar
siehe zu
wie die Rose Schneewittchen
langsam aufblüht
und lerne zu warten
auf das Wunder

Leicht und heiter

Leicht und heiter
dürft ihr sein
Gedichte

und springen
wie Kinder
von Wolke
zu Wolke

vielleicht
wachsen euch
dann Flügel
beim höchsten
Sprung

Zwischen Tür und Angel

Ganz leise
wird die Tür geöffnet
die Worte treten ein
verzaubern Augenblicke
flüstern in mein Ohr
tanzen ihren Reigen
singen ihr Lied
malen das Bild
das schon lange
im Kopf war
und bitten
halt uns fest

Mittagsträume

Die bunten Träume
wollen mich
noch nicht verlassen
wirbeln
wie kleine Schmetterlinge
um meinen Kopf
flüsternd
und kichernd
tanzen sie davon
setzen sich
auf die warme Mauer
und strecken
ihre Flügel
mit schillernden
Pfauenaugen
der Herbstsonne
entgegen

Vom Aufwind getragen

Hinter den sieben Bergen
liegt das ferne Land
wo die Zauberworte
tanzen und singen

trete ein
und trockne die Tränen
aus dem Schattental

das Glück zeigt
sein lachendes Gesicht
aus heiterem Himmel

die Wolken
steigen
unaufhaltsam

fliege
über die Grenzen
der Sehnsucht hinaus
vom Aufwind
getragen

An der Schwelle

An der Schwelle
stehend
wartend
worauf

wild
wogen
die Wellen
im stürmischen
Wasser

der Wind
dreht sich
langsam

ein neuer Reigen
beginnt

VIII. KEIN ABSCHIED

Wie eine schwere Decke

Wie eine schwere Decke
lag die Trauer
über dem stillen Haus
wo der Tod
eingezogen war
und wartete
bis seine Zeit
gekommen war

Nur zwei kleine
Sonnenstrahlen
tanzten
durch die Räume
auf leichten Füßen
und mit strahlenden
Kinderaugen
als Zeichen
vom blühenden
Leben

Kein Abschied

Abschied
konnte ich
von dir
nicht nehmen

der Tod
war schneller

aber
ich habe dich
getröstet
mein Leben lang

Der goldene Ritter

An einem ganz
normalen Tag
mitten im Leben
beschloß er
die goldene Rüstung
anzulegen
das Schwert
in die Hand zu nehmen
das schwarze Pferd
zu besteigen
und dem Tod
entgegen
zu reiten

Das andere Gesicht

Das andere Gesicht
meines Bruders
so still und kalt
im fahlen
Dämmerlicht
eine Hand aus Blei
legte sich
auf mein Herz
hilflos flatternd
wie ein
sterbender Vogel
der fliegen wollte
weit weg
so wie du
mein Bruder
doch die Flügel
waren dir schon lange
gestutzt
die Trauer
wollte nicht weichen
aus deinen Augen
und ich
konnte dir
nicht helfen
in der Stunde
des Todes

Keine großen Worte

Um den Frieden zu finden
hat er
den letzten
kleinen Schritt
getan

auf die Straße
vom Leben
in den Tod

Die großen Worte
waren ihm
immer fremd

weil die Liebe
in seinem Herzen
wohnte

Gehst du mit, Mutter

Gib mir
dein großes
Taschentuch
Mutter
damit ich besser
weinen kann

Wieviele Tränen
hast du darin vergossen
als du noch
auf dieser Erde warst

Jetzt sind deine Tränen
getrocknet
und das Taschentuch
ist für mich

Erinnerungen

Sonntagnachmittag
die unsterbliche Musik
von Liebe und Tod
erfüllt den Raum
wie damals
in Kindertagen

Erinnerungen
steigen auf
federleicht
schweben sie
in greifbare Nähe

Mutters Hände
flechten bedächtig
die schweren Haare
zu einem Zopf
der Zopf
wird zum Knoten
gerollt

Sonnenstrahlen
fallen
in den dämmrigen Raum
im alten Spiegel
leuchtet liebreizend
ihr feines Gesicht
mit dem Lächeln
nur für mich

Ganz flüchtig

Manchmal
Mutter
kann ich dich noch
spüren
ganz flüchtig
wenn ich deinen schönen Seidenschal
um meine Schultern lege

manchmal
kann ich dich noch
riechen
ganz flüchtig
wenn ich deine kleine
Parfumflasche öffne

manchmal
kann ich dich noch
singen hören
ganz leise
wenn die alten Kinderlieder
erklingen

manchmal
kann ich dich noch
in meinen Armen halten
ganz fest
wenn du im Traum
zu mir kommst
manchmal
Mutter

Im Staub der Sterne

Sie hatte wallende lange Haare
wie ein Engel
silbrig schimmernd
im Mondlicht

sie beugte sich
zu mir hinunter
federleicht berührend
meine heiße Stirn
mit kühlen Flügelspitzen

ich legte mich
zu ihren goldenen Füßen
und wünschte zu sterben
im Staub der Sterne

IX. DIE LETZTEN WORTE

Am Anfang

Am Anfang war
nicht
der Tod

Am Anfang war
das Licht
das Leben
die Liebe
die Sonne
die Wärme

Nur
ich habe es
nicht gewußt

Apokalypse

Jeder trägt
seine Apokalypse
in sich

Trag mich
in deinen Armen

Apokalypse

damit ich dir
näher komme

Voller Gnade

Der Tod kam
voller Gnade
am Tag
der unschuldigen Kinder
die ihr Geheimnis
bewahren
warum sie
das Lächeln
der Ewigkeit
in sich tragen

Überholspur

Der Tod
holt mich ein
ein Leben lang
damit ich
ihn nicht
vergesse

doch
vergessen
darf man nicht
zu leben

Am Rande des Abgrunds

Deine Fühler
reichen weit
erfassen
meine Fassungslosigkeit
in den Stunden der Verzweiflung
spüren meine bitteren Tränen
am Rande des Abgrunds

Vor dem Absturz
halt mich
noch einmal fest
in deinen Armen
dann laß mich gehen

vielleicht
ist der Abgrund
weniger abgrundtief
als das Leben

Die letzten Schritte

Diese letzten Schritte
bis zum Rande
des Abgrunds

wer wird sie zählen
wer wird sie begleiten
wer wird sie beweinen

das Echo
wartet geduldig
auf den Schrei

Die letzten Worte

Wenn sie
sie nur finden
diese letzten Worte
diese Worte
am Rande
des Abgrunds
wo ich weinend
stehe und warte
auf das Glück
im Unglück

Inhalt

I. UNENTSCHIEDEN

II. SCHATTENPFLANZEN

III. WOLKENSPRÜNGE

IV. DIE KUH

V. BIRKE IM BRAUTKLEID

VI. DEIN LÄCHELNDES GESICHT

VII. DIE GNADE DER LANGSAMKEIT

VIII. KEIN ABSCHIED

IX. DIE LETZTEN WORTE